KB183477

한국 희곡 명작선 166

라희 도희

한국 희곡 명작선 166

라희 도희

이지훈

평민사

이
지
훈

라희 도희

등장인물

라희(49)
도희(46)
국(30)
이순(여)왕(80)
명 _라희의 남편
준 _도희의 남편
태 _백작(77)
큰아들 _철(35)
작은아들 _열(32)
규 _이순 왕의 충신
모랭 _이순 왕의 바보 광대
그 외 시종 전령 군인들

라희, 도희, 국은 이순 왕의 세 자녀다. 큰딸과 작은딸은 같은 아
버지이지만 아들 국은 아버지가 다르다. 열은 태 백작의 서자이
고 철은 적자다.

1

이순의 왕궁

라희의 뒷모습이 조명 속에 나타난다. 천천히 돌아선다. 마치 왕이 된 듯 우아하고 꼿꼿하다.
천천히 무대 다운스테이지 쪽으로 걸어 나온다. 보석으로 치장된 화려한 드레스 업. 중년의 성숙한 매력. 외로움이라는 그늘이 살짝 드리워진 그래서 더 아름다운 얼굴이다.

라희　　(돌아서며)
　　　　　왕권을 승계하시겠다구?
　　　　　어머니 팔십 나이, 그럴 때는 훨씬 지났지.
　　　　　기다린 순간이지만
　　　　　뻔하지
　　　　　사랑하는 아들 국에게
　　　　　다 물려주겠단 속셈.
　　　　　흥
　　　　　난 라희 - 장녀야.
　　　　　꼭 아들이 이어받는 게 능사가 아니지.
　　　　　철없는 아들보다는
　　　　　맏이, 장녀, 큰딸인
　　　　　내가 승계하는 게 마땅해.

아들?
철없는 늦둥이?
눈에 넣어도 안 아플
그놈의 아들, 아들 타령.
세상은 달라졌다구
늙은 어머니야,

조명 사라지며 도희 궁의 내실로 옮겨간다. 날씬한 몸매. 자그
마한 예쁜 얼굴.
도희는 전신 거울 앞에서 의상을 차려입는 중. 옆에 작은 테이
블이 있고 그 위에 보석들이 있다. 옆 옷걸이에 화려한 투피스
드레스가 걸려 있다. 묵직한 고급 옷 가방이 바닥에 열려 있고
벗은 옷들이 거기 던져져 있다. 상체는 아직 브래지어만 착용
한 상태다.

도희   어머닌 자신을 잘 몰라.
젊은 시절에도
성급하고 변덕이 심했어.
모든 대신들은 다 예스맨이지.
누가 감히 어머니 앞에서 노라고 하겠어?
왕위를 이런 식으로 물려주는 것도 성급한 변덕이야.
충신 규를 추방한 것도 마찬가지.
그런 갑작스런 변덕 발작증이

우리에게도 떨어지지 않으란 법은 없어.

노망이 든 거야.

뭔가 방법을 간구해야 돼.

그것도 즉시로.

(상의를 착용한다)

언니 라희는 어떻게 생각할까?

자기가 보위에 오른다고 생각할까?

어머니가 설마 언니에게?

국이

어머니 사랑 독차지하고 있는 건

세상이 다 알지.

비판도 있는 걸 모두 알아.

그런데

걘 너무 보드라워.

왕으로선 차라리 라희 언니가 더 적격

(놀라 입을 막는다)

엇, 내가 지금 무슨 말을 하고 있지?

(킥 웃는다)

솔직히, 그렇긴 해.

(코트를 덧입고 완전히 다 입는다. 스타일리쉬하고 멋진 모습이 드러
난다)

만일 언니가 보위에 오른다면?
난? 난 뭐지?
언니는 장녀라 왕이 될지 모르고
국은 아들이라 왕이 될지 모르고
가운데 낀 난?
뭐야
안 돼, 안 돼
뭔가 방법을 간구해야 돼.

어두워지면서 조명은 다시 라희에게로 옮겨간다.

라희   어머니 변덕을 예상해야 하는 게 급선무.
장녀인 날 제치고
막내 아들에게 왕권을 넘길 게 뻔해
이걸 막아야 해.
대신들이 다 지켜보고 있잖아?
하긴 대신들은 모두 썩어빠진 허수아비들
왕에게 한마디나 할 수 있을라구?
규가 당하자 모두 입 꾹 다물어 버렸어.
어머니 변덕이 혹 도희를 선택하는 건 아니겠지.
도희를 선택한다면 모두 웃을 거야.
걔는 아냐.
걔 남편 준도 이기적이고 성질 급하지

사실 내 남편 명을 더 신임하고 있어.

세상이 다 알지.

(사이)

뭐라고 말하지?

"폐하를 내 목숨보다 사랑합니다?"

이건 너무 입 발린 말

속 들여다 보이는 - 거짓말

ㅎㅎㅎㅎ

내 목숨보다 사랑합니다?

(냉소)

웃음소리. 다시 조명은 도희에게 크로스된다. 이제 성장 완료.

마지막으로 보석을 착용한다.

도희　　"짐을 얼마나 사랑하는지 말하라."

(웃음을 터뜨린다)

어머니는 날 사랑할까?

어머니 말해 보세요,

이 둘째 딸 도희 얼마나 사랑하는지

내가 태어났을 때

아들이 아니어서 궁의 모든 사람이 실망하고

온 나라가 실망해서

어머니도 한동안 날 밀쳐놨었다면서요?

(사이)

그러다가 내가 약골이라 병치레가 잦고

얼마 못 살 것 같으니

조~~~금

아주 조 ~~~금

예뻐해 준 거

그게 전부 아니에요?

아버지는 너무 일찍 돌아가셨어.

어머니 모시고 해외 순방 중에 병을 얻었지.

늘 어머니 뒤에서 악세서리 역할에 지쳤던 게 뻔해.

기다렸다는 듯이

어머니는 새로 남편을 맞아들였어.

국이 태어났어.

쉰둥이? 흥 웃겨서

어머니의 사랑은 곧 그 새 남편과 늦둥이 아들에게

올인하고 말았지.

그런데

웬일이야

새 남편도 곧 죽었어.

그래서 더 국에게 집착했어.

(사이)

얼마나 사랑하냐구?

무슨, 이런 질문이 있어?

규 경 말이 맞아, 어떻게 이런 질문으로
왕권을 승계한단 말이야?
노인 변덕이고 말고
왜 갑자기 이런 식으로 해야 하지?
숨은 의도가 있을 것 같은데?
난 뭐라고 말해야 해?

안절부절 서성거린다. 잠시 후 라희와 도희, 각각의 조명 속에
두 사람 드러난다. 서로를 향해 마주 선다. 시선이 부딪힌다.
라희가 천천히 두 팔을 벌리자 도희가 못 믿어하는 태도로 걸
어가고 라희는 동생을 품에 살짝 안고 도희는 안긴다. 두 여자
의 눈빛이 복잡하다.

2

이순 왕궁의 다른 곳

국이 의자에 앉아 기타를 안고 줄을 튕기고 있다. 그는 가장
단순한 의상을 입었다. 흰 셔츠에 진바지를 입고 목에 가느다
란 금 목걸이를 한 게 전부다. 어깨 위까지 찰랑거리는 긴 머
리. 모랭은 레게머리 스타일을 하고 큰 주머니가 달린 올인원
을 입었다. 여러 개의 팔찌가 손목에서 찰랑거린다.

국   (노래로)

        모랭아,

        국은 뭐라고 말할까?

        사랑을 어떻게 말로 표현해?

        누님들은 보나마나 입 발린 말.

        모랭은 못 들은 척 노래에 귀 기울이며 따라 흥흥거린다.

        국,

        넌 침묵.

        침묵으로 네 마음 전해

        그래도 어머닌 아실 거야.

        난 어머니 마음 알아.

        그 사랑

        독수리가

        먹이를 채듯

        날 평생 옆에 두고 싶은 게지.

        난 알아 그 속마음

        누구와도 나누고 싶지 않은 그 마음.

        (대사로)

        그러나

        난 이제 더 이상 얽매이고 싶지 않아

        엄마에게도

그 누구에게도
누님들 정체 난 알거든
난 아무 말 안 하겠다.

모랭　히히히
　　　　국아,
　　　　퀴즈 맞춰 볼래?
　　　　한때 유행했던 퀴즈야 이젠 구식이 됐지만.

국　　구식? 하고 싶으면 해봐

모랭　(노래로) 딸이 둘이면?

국　　(노래로 웃으며) 몰라.

모랭　(대사로) 바보.
　　　　은메달
　　　　(노래로) 아들딸이면?

국　　(노래로) 몰라

모랭　(대사로) 동메달.
　　　　아들 둘이면 뭔 줄 아니?

국　　(노래로 웃으며) 몰라, 뭐야?

모랭　(광대 짓을 하며 재주부린다) 목메달!

국　　(그 대답과 모랭 몸짓에 웃는다. 이하 대사로)
　　　　모랭아, 우린 딸 둘 아들 하난데
　　　　그건 뭐야?

모랭　히히 그건 나도 몰라,
　　　　그건 책에 안 나와

(우스꽝스럽게 생각하는 척하다 노래로)

금메달!··· 일까?

모랭 웃음을 터뜨린다.

3

태의 성

열이 뭔가 생각에 잠겨있다. 수려한 외모. 의상도 세련된 정장
차림. 얼굴에는 반항기가 가득해 날카로워 보인다.

열　　바다에 폭풍우가 휘몰아치면
　　　　바닷물이 뒤집어져
　　　　위 아래 물이 섞인다지?
　　　　바다 속 생물들에겐 아주 좋은 기회라고 하더군
　　　　세상도
　　　　지금 그런 폭풍우를 맞고 있는 중인가?
　　　　폭풍우가 쳐
　　　　이 세상도 뒤집어져라!
　　　　늙은 여왕이 이상해졌어.
　　　　충신 규가 추방됐어!

궁은 이후 무서운 침묵이 흐르고 있다는데

(사이)

아버지는 어떤 선택을 하실까?

여왕 옆에 찰싹 달라붙은 껌딱지로 평생 살았는데…

왕이 물러나시면

따라서 은퇴하실 게 분명해

그럼 나는?

아버지 지위와 재산은 모두 형에게 돌아가는 거야?

(생각한다)

왕은 자연의 순리에 어긋나고 있어

지금 갑자기 왕권을 승계한다니

승하한 뒤

자연스럽게 아들에게로 물려주는 게 법이지.

음모 배신 재앙이

폭풍우처럼 뒤를 따를 게 틀림없다.

진실한 규 경이 추방을 당했어.

시절이 하 수상해

이상한 흐름이야.

언젠가 아버지가 규 공에게

나를 소개하며 이렇게 말했어.

"이 녀석은 내 부끄러움이오.

아들로 인정해야 할 때마다

내 얼굴이 뜨거워진다오.

하룻밤 정을 통하다

내가 부르기도 전에

건방지게 이 세상에 나왔으니까 말이오.

저놈을 볼 때마다 젊은 시절 내 실수가 생각난다오."

아, 그때 내 굴욕감.

그렇게 말하는 늙은이 입을

주먹으로 때려 틀어막고 싶더군.

하룻밤 정?

부모의 뜨거운 사랑으로 태어났으니

나야말로 진정한 자식 아냐?.

지루하고 맥 빠진 의무방어전에서 태어난

정실 자식하고는 달라.

우리 엄만 제 2 부인

미스트리스(Mistress)!

세컨드! 첩!

나는 서자라는 낙인이 바로 찍혔지.

서자! 서자… 서자?

내 피에 다른 나쁜 성분이 섞였어?

다 똑같은 피 - 내가 뭐가 모자라?

(상의를 벗어던지고 복근을 보여준다)

이 식스팩 섹시한 몸매를 봐

(으스대며 한 바퀴 돌아 몸매를 과시한다)

얼굴도 귀티가 흐르지

눈에도 고귀한 기상이 레이저처럼 뿜어 나오고 있어
이 눈
이 눈으로 폭풍우처럼 세상을 한번 뒤집어 봐?
지금이 절호의 기회야!
태풍아 몰아쳐라
이 고해(苦海)를 뒤집어라!

4

이순 왕궁

영토 분할과 왕권 승계가 다 끝난 직후다.
무대엔 대형 지도가 걸려 있고 바닥엔 호화로운 두터운 양
탄자가 깔려 있다. 이순 왕이 신하들을 거느리고 퇴장한 직
후. 무대 위엔 직전에 일어난 사건으로 그 열기가 가득하고,
국이 혼자 남아 있다. 혀를 낼름하는 기분 좋은 가벼운 표
정. 숨기려 하지 않는다.

국   홀가분하다
        권력 투쟁은 허망할 뿐
        내가 업신여기지 않았던가.
        어머니가 그렇게 말씀하실걸

난 알고 있었어.

하하하

잘 알고 있었지.

이제 난 어머니 사랑을 잃었어!

(좋아하는 너털웃음이 자기도 모르게 새어 나온다)

나, 쫓겨났다!

(좋아서 뛴다)

쫓겨났어.

하하하

이 국이

이제 떠날 수 있다,

딱 좋은 때

내가 내가 되는 거야.

모랭 들어온다.

모랭 광대 짓을 하며 주머니 속에서 인형 2개를 꺼낸다. 양손
에 인형을 하나씩 끼운다. 인형이 라희의 말을 우스꽝스럽게
흉내 낸다.

인형(라희) 전하 어머니 제 사랑을 어떻게 말로 표현할 수 있죠?
불가능이에요.
어머니 몸에서 태어난 큰딸이 저예요.

언제나 어머니께 감사하고
어머니는 내 자유보다, 내 몸보다, 내 눈보다
더 소중하답니다.
어머니는 이 세상에서 가장 값지고
대자연의 아름다움,
나의 건강, 미, 명예보다 더,
어머니는 소중하답니다.
어머니, 저는 어머니의 큰딸로서
모든 한계 다 넘어
전하를 사랑합니다.

모랭 다른 쪽 손에 낀 인형으로 도희를 과장하여 흉내 낸다.

인형(도희) 전하, 언니 마음이 꼭 제 마음이에요.
낳아주시고 길러주신 은혜, 그 어떤 감사를 바쳐도
모자랍니다
인간이 느끼는 모든 감각, 인간이 누리는 모든
기쁨을 저는 적이라 공언합니다.
오로지 어머니의
귀중한 사랑 속에서만 행복하다고
작은딸 도희가 감히 말씀 드립니다.

국 (웃으며 박수친다)
똑같애.

모랭   그렇게 어머니를 사랑한다면
공주 아줌마들
왜 결혼 했어?
옆에 남편들은 허수아빈가?
내가 할매 왕에게 말해줬는데.
들리는 대로 다 믿지 말라고
팔랑귀
욱하는 성미
단판에 승부를 걸지 말라고.
국아 – 내 노래 하나 해줄까?
(노래한다)
공주 아줌마들 기쁨에 표정관리하고
난 슬퍼서 노래 부른다.
늙은 여왕 전하는
이제 모랭과
무슨 놀이하며 놀지? 술래잡기 놀이?
아니면 뒷방에서 뜨개질 놀이할까?

국은 이 노랫말에 웃음을 터뜨린다.

국   누님들은 이제 원하던 것을 손에 넣었어.
자기들이 한 말처럼 그 사랑으로
연로한 어머니를 잘 보살펴 드려야 마땅하지.

모랭   (낙심하여) 국 넌 진짜 바보,
그까짓 말 한마디면 될 텐데 그 말을 못했어?
나라면 백번 천번 했다규!

국   난 괜찮아.
이제 누님들이 어머니의 보물.
모랭아
대신 내가 얻은 것
뭔지 알아?

모랭 답을 안 하고 시무룩하게 공중제비를 연거푸 넘는다.

한편으론 홀가분해.
난 떠날 수 있어
세상 어디든지 갈 수 있어.
그게 내가 바라던 바지.
어머니 사랑에 질식할 것 같기도 했으니까
내 말 무슨 말인지 알겠어?

모랭   몰라 몰라
네가 어디로 갈 건지 난 그게 알고 싶어.

국 기타를 울리며 나간다. 모랭은 익살 짓을 하며 따라 나간다.
이 광경을 보고 있었던 듯 라희와 도희가 나타난다.

라희   저 모랭 놈은 단순한 바보가 아냐.

(모랭이 나간 쪽을 째려 본다)

국도 어머니 치맛자락 잡고 매달리는 완전
생바보는 아니었군.

도희   국이 쫓겨날 줄은 꿈에도 몰랐어.

라희   나도 놀랐다. 오늘 어머니 변덕이 얼마나 심한지 봤지.
성질 참지 못하고 급하게 아들을 내팽겨 쳤어…
그 귀한 아들을 말야,
내 눈으로 보고도 믿겨지지가 않아.

도희   (낄낄거린다)

어머니가 얼마나 충격 먹었을까?
사랑하는 국의 입에서 아무 말도 나오지 않다니.

(이순을 흉내 낸다)

"다시 한 번 말해봐라, 말을 고쳐라"
국, 고 놈도 고집 세지?
그래도 그냥 "아무 할 말이 없습니다"였어.

라희   늙은이가 충격으로 기절할 줄 알았다니까!
놀라기는 했어, 그런데 기절은커녕
뒷일 마무리 잘도 해치우더구나.
왕의 최고 권력과 직위,
왕권을 우리 둘에게 공동 승계했고.
당신은 단지
왕이라는 이름만 가질 뿐,

그리고
조세권, 그 외 모든 집행권과 실권은
사위들에게 물려줬어.
미리 마음속에 다 계획하고 준비되어 있었던 거지.

도희 국의 대답만 예상 못했겠지?
정말 정말,
왕관을 두 쪽으로 나눴어.
깜놀!
국에게 주지 않고 말야.

라희 조심해야 해, 그거 알아?
오늘 양도한 걸 언제 도로 뺏을지 몰라.

도희 언니 말이 맞아.
주의 깊게 잘 살펴야해.
이제 본 궁은 언니 차지가 됐어.

라희 당연하지!
이제야말로 이 궁의 주인이 됐어!
노왕의 소유도 당연 모두 내 것.

도희 언니 그렇다고 언니가 혼자 왕이란 건 아냐
이 도희가 있다는 걸 기억해
우리 자매 둘의 공동 통치라는 걸 잊지 마
어머닌 한 달씩 돌아가며
차례로 우리들 궁에 거처하시겠다고 했지.
백 명의 기사와 시녀를 거느리고 말야

그 부담은 물론 우리가 지는 거겠고.
언니네 본궁부터 시작이야.

라희　　그래. 이제 이 궁은 내 거야. 더 이상 어머니가
거하시고 통치하던
그 본궁이 아니란 점 기억해야 할 걸.

도희　　라희 언니, 그럼 순서대로 먼저 폐하를 잘 모셔요.

라희　　폐하라니?
그 이름은 이제 텅 비었어. 그리고 그보다 먼저
할 게 있다.

도희　　(눈을 반짝인다) 먼저 할 것 – 그게 뭐야?

라희　　우리 대관식!

도희　　대관식! 그렇지! 대관식! 하하하하.

둘의 웃음소리. 도희 좋아서 어쩔 줄 모른다. 어두워지며 라희
Top 조명 속에 혼자 드러난다.

라희　　내가 원했던 게… 이건가?
왜 흡족하지가 않지?
왜 뭔가 걸리지?
국이 떠난 마당이라면
이건 아니잖아?
내가 홀로 왕이 돼야 마땅해.
하지만

도희를 끼워 넣었어.

왜?

왜?

이 궁을 떠나지 않고

노왕의 곁에 살았던 대가가

이런 반쪽짜리 왕관이란 말인가?

그동안 얼마나 날 억누르고 살았나?

아부 아첨이 아깝구나!

도희의 야심을 잘 알아.

탐욕스러운 부부.

반쪽 권력에 만족하지 않을 거야.

나도 마찬가지.

명?

오, 남편은 유약해빠졌어.

오늘 주어진 것도 황감해서 어쩔 줄 모르는 바보지.

왕권을 나누어야 한다…?

마음이 허하다.

이런 건 내가 원한 게 아냐.

5

이순 왕궁(이제는 라희의 궁이 된)

대관식

팡파레 울리고 조명 들어오면 왕좌 2개가 두 개의 플랫폼 위,
약간 높은 위치에 자리잡고 있다. 이 왕좌를 받치고 있는 플랫
폼은 15도 정도 기울어져 있고 올라서면 불안하게 흔들린다.
두 여왕은 객석 가장 높은 곳에서 가운데 복도를 걸어 내려가
아래에 있는 무대에 오른다. 붉은 카펫이 깔린 통로다.
두 여왕이 걸어 내려갈 때 환호 소리와 축포가 터진다. 두 여
왕은 무대에 오르고 객석을 향해 돌아선 후 관객들을 도도하
게 응시한다.
객석의 관객은 대관식에 참여한 만조백관과 귀족들이다.
박수, 환호. 두 여왕은 이제 몸을 돌려 옥좌를 향해 걸어간다.

옥좌 앞에 서서 몸을 돌린 두 여왕. 머리에는 왕관을 쓰고 한
손에는 왕 홀을 들었다. 웃음 띤 얼굴. 아름답고 카리스마 넘치
는 모습. 천천히 앉는다. 플랫폼이 흔들리고 따라서 옥좌도 불
안하게 흔들린다. 그러나 침착하려고 애쓴다.
장엄한 대관식 음악이 극장에 가득 찬다. 박수와 환호가 다시
터진다. 왕좌에 앉은 라희. 불안하게 흔들거리면서, 그러나 애
써 침착하게.

라희   (자기 왕 홀을 황홀하게 애무한다)
        (곁말)

퀸 라희!

오래 기다렸다.

내가 쥔 이 권력

얼마만큼 파워가 있을까?

(사이)

왕의 최고 권력과 직위,

왕권에 따르는 화려한 표상들

이제 내게 있어

하지만

어머니도 왕의 칭호를 여전히 가지고 있고

실제 결정권은

저 남편이라는 남자들 손에 있어.

그렇지만

어머니는 늙었고

남편은 겸손해 빠진 바보지.

사람들이 환호하는군.

(미소를 띠고 가식적인 표정으로 그들에게 우아하게 손을 흔든다)

백성들과 신하들의 사랑을 한 몸에 받는다는 게 이런 기분인가?

어머니는 이런 기분으로 평생 살았겠지?

사랑을 받는다.

흥분돼…

그래서 그 늙은이 우리에게 자길 얼마나 사랑하냐고

물었었나?

(여전히 우아하게 미소 짓는다)

도희   사람들이 환호하는군.

(미소를 띄고 가식적인 표정으로 그들에게 우아하게 손을 흔든다)

백성들과 신하들의 사랑을 한 몸에 받는다는 게 이런 기분인가?

어머니는 이런 기분으로 평생 살았겠지?

사랑을 받는다.

흥분돼…

그래서 그 늙은이 우리에게 자길 얼마만큼 사랑하냐고 물었었나?

퀸 도희!

내가 여왕이 됐다!

언니하고 똑같은 자리

국 덕에 내가 왕관을 차지했나?

왠지 국의 자리를 뺏은 것 같애

아냐, 아냐, 아냐.

걔도 뭔가 생각이 있었겠지.

지금 그걸 생각할 필욘 없어.

여전히 우아하게 미소 짓는다. 음악 박수소리 고조되며 조명 어두워진다.

6

라희의 궁

명 바쁘게 결재 서류에 사인을 하며 국정 사무에 열중하고 있다. 라희 들어와 그 모습을 째려본다.

명   (라희 등장을 알아차리고 놀라)
　　　　부인, 어서 오세요. 무슨 일이시오?

라희   부인이라니?

명   (계면쩍게 웃으며 다가와 손에 입을 맞춘다)
　　　　폐하, 어인 일로 이렇게 왕림하셨나이까?

라희   (싫은 듯 손을 빼낸다)
　　　　이름뿐인 노왕이 내 속을 썩이고 있어.
　　　　여기 본궁이 아직도 자기 궁이라고 생각해.
　　　　아직도 자기가 주인이고 왕이야. 노왕이 벌리는
　　　　무질서한 짓거리
　　　　이제 더 이상 참을 수가 없군.

명   음…

라희   노왕은 매일 밤 자기 기사들과 어울려 파티야.
　　　　노왕의 비호 아래
　　　　기사나 시녀들도 거만하기가 이를 데 없어.

왕의 기사로 임명되더니 태도가 하루아침에 달라졌어.

얼마나 떠들고 웃어대는지

궁 질서가 난장판이군.

게다가

명　기사들이 그렇게 달라질 줄 나도 몰랐소.

라희　노왕이 그렇게 시킨 게지.

명　부인이 좀 참구려.

아니 폐하께서 좀 참으십시오.

이제 보름만 있으면 도희 전하 궁으로 가실 것 아닙
니까?

라희　어머니는 아직도 왕이야,

거기다 국을 추방한 걸 후회하시는 듯

온갖 신경질과 짜증을

다 부리고 있어

나는 여전히 그 늙은이 안중에 없어.

명　짐작 못 했던 바는 아니지 않소?

라희　자기가 실수한 걸 이제 와서 어떡하란 말이야?

엎질러진 물.

그 물 자기가 차서 엎질렀잖아.

그 분풀이를 지금 하고 있는 거야.

포인트는 바로 그거!

왕인 날 무시하고 모욕하고

스트레스를 그렇게 풀고 있어.

국을 찾아
자기 앞에 데려 오라는 무언의 시위야.
직접 말은 못하지
내 눈에는 보인다구
흥

명 산책하시고 돌아올 시간이 된 것 같은데?

라희 (거만하게) 짐은 맞이하지 않겠다.

밖에서 나팔 소리.

라희 멍청한…
그 짜증 변덕 난 더 이상 받아 줄 수 없어.
그렇게 안타까우면
아들 직접 찾아 나서든지
본궁에 턱 앉아 계시니 아직도 왕인 줄 아시나?
자기가 줘버린 권력을
여전히 휘두르려고 하다니.
내가 한 말 명심해요.

명 같이 나가 영접합시다.

라희 흥

명 어서

라희 싫다.

명 그럼 나 혼자라도 나가 보겠소. (퇴장)

라희   한 달이 왜 이리 길지?

처음부터 길을 잘 들여야 했는데 –

난 늙은 어머니 감정받이를 더 이상 할 수 없어!

그리고

한 집에 주인이 둘

한 나라에 왕이 둘

이렇게는 안 돼.

모랭 까불며 들어온다.

모랭   여왕 아줌마, 할매 왕 오셨는데요.

(라희의 표정을 살핀다)

호! 그렇게 찌푸리면

예쁜 얼굴 주름살 늘어요.

우리가 아줌마 표정에 신경 쓸 필요 없었을 때

그때가 괜찮았는데, 이젠 할매도 "텅 빈 숫자 영,

제로가 됐어"

라희   모랭, 너 잘 왔다.

네가 아무리 직언이 허락된 왕의 광대라고 하지만

건방이 도를 넘었어.

기사들도 마찬가지

소란을 피워대며

잘난 척 말을 안 들으니

어머니께 말씀드려, 똑똑히 알려드리라구.
왕의 기사면 기사답게
왕의 시녀면 시녀답게
행실을 바로 해야지.
아니, 어머니가 이런 행실을 되려 부추기고 있어.
매일 밤 파티가 뭐야?
내 말엔 콧방귀만 뀌고 있어.
내가 창피해
모랭, 이젠 더 이상 참지 않겠다고 전해.

모랭   에그머니! 무서월!
"지바뀌가 뻐꾸기 너무 오래 키웠더니
뻐꾸기 새끼가 지바뀌 머리를 쪼아 먹네."
무서월
"뻐꾸기 새끼가 지바뀌 머리를 쪼아 먹네."

명 등장.

명   폐하의 심기가 불편한 것 같소.
아무도 영접을 안 하고
당신도 나오지 않았으니 말이오.
라희   흥, 착한 사위에게 불편사항 신고했어?
명   이제 연로하신 몸이니
조금만 더 이해하고 보살펴 드립시다.

가실 날이 얼마 남지 않았잖아요.

라희　연로하시니 현명해야지.

"현명해지기 전까지는 늙지 말아야 해!"

모랭　그 말은 라희 아줌마 말이 맞아 헤헤헤

(뛰어 나간다)

라희　이런 무질서는 더 이상 안 돼.

측근 기사와 수행 시녀들 숫자를 줄이고

파티도 화풀이 짜증도 멈춰야 해.

명　당신 말도 일리는 있어요.

하지만 폐하의 심정도 우리가 이해해 줍시다.

폐하는 우리에게 모든 걸 주셨는데

그깟 기사 100명을 우리가 못 거두겠소?

라희　모든 걸 줘?

정신 차려요. 우리는 반만 가졌을 뿐이야.

그리고 그것도 이제야 받았어.

왜 여태 우리가 이 궁에 살았지?

그 세월 생각해 봐

이제 어머니는 떠나야 해

기사 백명!

무장기사 100명을 보유하는 이유를

당신은 모르겠어?

노왕의 잔꾀.

그들의 힘으로 자기를 보호하고

	우리 목숨을 좌지우지할 속셈.
	자칫하면 그들의 칼이 우리 목을 겨눌 거야.
명	라희, "당신 눈이 어디까지 보는지 모르겠지만
	더 좋게 만들려다 잘 된 걸 망칠 수가 있어."
	왕의 품위를 지키기 위해서 기사들은 필요해.
	그리고 그분은 당신 어머니오.
라희	품위? 어머니? 흥…
	어머니는 날 사랑하지 않았어.
	안중에나 있었나?
	언제나 아들
	아들 국만…
명	또 그 소리.
	그 국은 이제 떠나고 없지 않소…
	당신에겐 이 왕국이 있고 또 내가 있어요.
	잊지 마시오.
라희	흥! (웃긴다는 듯 쳐다본다)

밖에서 웅성거리는 시끄러운 소리.

목소리들	(밖에서) "폐하가 떠나신다!" "폐하가 출발하신다!"
명	(놀라서 뛰어나간다) 가시다니?
라희	뭐라고? "내가 있다고?"
	저렇게 웃기는 말은 평생 처음 들어 보는군.

37

내가 왕이 되니 달라졌나?

(밖의 동정에 그래도 신경 쓰인다)

생각보다 쉽게 떠나는데?

내가 눈 하나 깜짝할 줄 알고?

드디어

국을 몸소 찾아 나서는 거야?

그런데 그놈은 어디로 사라졌지?

할매의 신경질! 경망함이라니!

도희에게 가더라도 환영 못 받을 터.

어디 두고 보자.

7

태의 성

열   꼰대들이 지배하는 세상

꼰대들의 지도 편달, 이제 됐거든요,

눈치 보는 것도 피곤해

아버지 백작 지위는

적자인 장남 형 철에게 상속될 뿐

난 백작도 뭐도 쥐뿔도 아니다.

상속받을 쥐꼬리만 한 재산도 묶여 있어.

그 재산이 내 것이 될 때는 나도 이미 늙은이야.

늙은 꼰대가 모든 걸 움켜쥐고 있잖아

늙은 독재자 우리 아버지 차별은 이제 노 노!

관심과 사랑은 오직 적자인 큰아들에게만 쏟고 있어.

형 철?

흥, 순진해 빠진 학삐리

과학자가 되겠다고 유럽에 유학중.

정치에는 1도 관심 없어.

아버지에게도 내게도 관심 없어.

모든 게 당연히 자기 거라고 믿고 있으니까

관심도 안 가지는 거지.

그러나 정말 그럴까?

이 열을 더 이상 무시하면 곤란해.

어디, 두고 봐

나 그렇게 쉬운 사람 아니야.

8

도희의 궁

도희   (화가 나서)

        명백한 규칙 위반이잖아.

날짜가 남아도 한참 남았는데 말야.
아직 어머니 맞을 준비도 안 돼 있었고…
갑자기 그렇게 들이닥쳐서 얼마나 놀라고
황당했던지.
수행 기사들 시녀들 보고도 깜짝 놀랐지
너무 많아
100명
(사이)
하긴 어머니 변덕이 또 어디로 튈지 몰라.
며칠 사이 또 가버릴 수도 있지.
"전하를 뵙게 되어서 기쁩니다"라고 인사를 했더
니… 뭐라고?
내가 기쁘지 않으면 무덤 속 아빠가 바람을 피워
밖에서 데리고 온 딸일 거라나!
기가 막혀서.
헐
날 몸소 낳은 것도 잊어 버리셨어?
정말 내가 친 딸이 아닌 거 아냐?
나도 어머니가 반갑지 않았다구.
당신도 내키지 않지만 우리 집에 오신 거지
다른 선택이 없잖아.
그 귀한 아들은 사라졌어! 갈 데가 없어.
너무 많아

반으로 줄여야 해

아니 그 반의 반.

모랭 들어온다.

모랭 언니, 누나, 아줌마, 마님, 전하, 불렀어요? 제가 보고
싶으셨나요?

도희 언제까지 계실 작정이지?

모랭 그야, 한 달이겠죠? 이제 닷새 지났으니 나머지 25일?

도희 안 돼!

모랭 깜짝이야!

도희 돌아가서 본궁에서 남은 일수를 채우고 와.

모랭 (어이없다) 하하하

그 본궁은 없어. 이제 언니 네 집이 돼버린걸?

거기 다시 가라구?

할매 왕이 암만 바보래도 그렇게는 안 할걸.

도희 잘도 지껄이는구나.

어머니께 이렇게 전해라.

전하는 늙었고

이제 더 이상 젊지 않다고.

그러니 이제 인정하고

젊은이들 말을 들어야 한다구

언니에게로 되돌아가

　　　　잘못했다 말하고 거기서 머무시라고 해.

　　　　규칙대로 해야지.

　　　　열다섯 밤을 더 계시다 와야 해.

모랭　　그 아줌마에게 용서를 구하라구요?

　　　　(무릎 꿇으며 – 이순을 흉내 낸다)

　　　　따님이여, 이 에미가 이제 늙었음을 고백하나이다.

　　　　늙어서 죄송하옵니다.

　　　　무릎 꿇고 간청컨대

　　　　제게 머무를 처소를 친절히 허락하소서.

　　　　(일어서며)

　　　　안 될 말씀!

도희　　장난치지 마!

　　　　가서 언니에게 돌아가라고 말해.

모랭　　가실 리가 있겠어요?

　　　　절대로 안 가시지, 도희 아줌마.

　　　　언니가 기사도 반, 경비도 반으로 줄이라고 했어.

　　　　그래서 할매 왕은 대노했지.

　　　　"은혜 모르는 년 천벌이 두렵지 않냐!

　　　　꼭 너 같은 자식 낳아서 너도 당해 봐라"하셨는데

　　　　어떻게 돌아가요?

　　　　(마치 이순처럼)

　　　　"늪에서 피어오르는 독 안개야, 이 년 예쁜 얼굴을

　　　　물집으로 뒤덮어라"

무섭지? 히히

도희   세상에!

어머니 불같이 급한 성질

내게도 그렇게 퍼부을 거야.

모랭   언니처럼 그렇게

뱀 같은 혓바닥을 전하께 놀리면 – 당근이지!

도희   뭐라고? 이것이 –

언니는 할 만큼 했어. 내쫓길 이유가 충분했어.

모랭   "능금 맛이 똑같구나" 아줌마야!

주머니 텅 빈 부모는

자식들이 외면하고

주머니 두둑한 부모는

자식들이 아부하지.

여왕 아줌마들도 예외는 아냐.

(놀리면서 퇴장)

도희   조것이!

(씩씩거린다)

언니 말이 맞았어.

우리 집 질서는 엉망이 됐어.

노왕을 찾아오는 객들이 기사보다 더 많으니

이게 무슨 노릇이야.

시중드는 집사들도 배로 늘려야 하고,

손님 접대비도 만만찮아.

어중이떠중이

늙은 여왕을 알현하겠다고

밤낮 찾아와 난리군.

다시 왕좌로 복귀하라고 슬쩍 귀띔하는

얼간이도 있다니

방심할 수는 없는 일이야.

누가 알아?

줬던 걸 다시 뺏을지.

늙은이, 아부와 아첨에 귀가 얇아서

"내가 다시 왕이다"라고 돌변할지 누가 안담?

(불안하게 서성인다)

내가 어머니를 만나봐야겠다.

언니 집에 가서 남은 일수를 채우고

다시 올 때는 기사 50명만 데리고 오게 해야지.

아니 50명이 왜 필요해?

그 반,

아니, 그 반의 반도 필요 없어!

한집에

두 주인이 명령을 내릴 순 없다!

내 하인의 시중을 받으면 안 될 게 뭐야?

한 명은 왜 안 돼?

9

도희 궁의 다른 후미진 곳

모랭 혼자 어쩔 줄 모르고 서성거린다. 화가 나 있다.

모랭   "울화통이 내 심장을 치받고 올라온다!"
작은딸마저 늙은 어미를 박대하다니!
"달팽이도 제 대가리 집어넣는 집이 있거늘"
멀쩡한 집을 딸들에게 줘버리고
오갈 데 없는 불쌍한 할매
국을 내친 잘못이야.
큰딸에게 돌아가느니
차라리 들판에서
늑대 밥이 되는 게 낫지.
나도 내 천한 목숨 유지하려고
그 딸에게 돌아갈 수는 없어.
히힝

모랭은 가슴에서 인형을 하나 꺼낸다. 이번엔 이순 모양의 인
형이다. 모랭은 그걸 손에 끼고 혼자 인형극을 한다.

인형(이순) (화가 나서) 내 가진 모든 걸 다 줬어!

모랭 (라희를 흉내낸다) "때맞춰 주셨지요."

(약하게 자기 목소리로) 좀 일찍 미리 미리 주시지…

인형 뭐라구?

(모랭 찔끔한다)

누가 그런 배은망덕을 가르쳤지?

모랭아, 대체 내가 무슨 잘못을 저질렀단 말이냐?

모랭 그 예쁜 아줌마들 누구 딸이우?

인형 (바보스럽게) 내 딸이지.

모랭 궁에서 자라면서 어머니에게 배운 게 그런 거네.

인형 내게 배웠다구?

허허허… 그래.

그년들 ─ 내 자식인 건 부인할 수 없어.

"내 살, 내 피가

이런 부스럼, 발진, 고름덩어리"를 만들어냈나?"

모랭 두 공주 아줌마도 어릴 땐 착하고 순했지.

어머니한테 보고 배운 걸 어쩌겠어?

딸들 탓을 하지 말고 자기 탓을 해봐.

사악해도 아직 예뻐.

예쁘면 다 용서된다며?

인형 아니, 용서 안 돼. 미워.

내게 뭘 배워? 천성이 지 애비로부터 타고 났겠지.

내 탓 하지 마, 모랭아.

모랭 에고 할매 뭘 남편님 탓이야.

철들려면 아직 멀었나?

라희 언니 누나 말이 맞아.

현명해지기 전에는 절대 늙어선 안 돼.

할매,

그래도 도희 아줌마 집이 낫잖아?

스물다섯 명 데리고 갈 수 있어. 히히히

아냐, 마지막에 도희 아줌마가 이렇게 말했어,

들었나?

"하나는 왜 안 돼?"

하나가 나지? 할매, 그지?

인형 응 너야, 당연해. 뭐 하나라고? 난 왕이야.

모랭 할매, 하나도 안 되면

나도 할매를 떠나야 해?

힝, 이 모랭, 버리지 마.

인형 아파, 아파,

내 심장이

천 갈래 만 갈래로 찢어진다.

라희 도희 미워 미워

국

내 귀한 착한 아들

아들아

넌 어디 있니?

모랭　할매야,

　　　뭐, 큰딸, 작은딸

　　　지금까지 할매에겐 존재감 없었잖아 –

　　　오히려

　　　국이 그렇게 배신 때린 거 –

　　　고게 더 얄밉거든?

　　　할매 가슴에 대못을 콱 박았지.

　　　아야, 아야,

　　　아들

　　　그 쉰둥이 아들 원망하시라구요!

인형　(울음을 삼킨다)

　　　그렇게 사랑했는데

　　　나보다 더, 왕국보다 더

　　　고것이 그렇게 입 다물 줄이야.

　　　한마디면 됐잖아

　　　국!

　　　한마디면…

　　　이 에미를 진실로 사랑한다는 그 말 한마디…

모랭　그러게 말야,

　　　그 말을 못한 국도 바보야.

　　　그래도 걔를 내친 게 누구야? 할매지.

인형　(헛웃음을 웃으며) 그래 나야 내가 쫓아냈지.

　　　너무 화가 났어.

	그래도 그렇게 떠날 줄 알았나?
	진짜
	걘 내 마음 알고 있는데
모랭	바보, 능금이 같은 맛이지 다른 맛이람?
인형	국…
	그래, 내 새끼 내 사랑
	아들아
	이 에미 실수 눈감아 줄 수는 없겠지?
	네 생각밖에 안 나
	그래도 너무 뻔뻔하지?
	네게로는 도저히 발이 안 떨어진다.
모랭	어디 있는지도 모르면서 어디를 어떻게 간다구?
	아들만 끼고 돌다가 이 지경이 된 줄 모르고.
	그래도 아직 아들 타령
	딸들 사실 완전 투명인간이었지.
	서럽게 큰 걸 내가 알아.
	아들 사랑이 참 징하다야 –
	할매, 그럼 우리 어떻게 해?
	오늘 밤 어디서 넘기지?
	도희 아줌마 집에 그냥 붙어 있으면 – 안 되겠지?
인형	모랭아 난 왕이야.
모랭	왕이었지.
인형	(화를 내려다가 헛웃음)

그래, 니 말이 맞다.
왕이지만 종이로 만든 왕관을 쓰고 있어.

모랭 할매는 텅 빈 죽정이 속빈 강정
두 딸이 이제 왕 자리 앉아
늙은 어머닐 쫓아내네.
두 아줌마 사이에 뭔가가 있어.
지금은 할매를 두고 핑퐁 게임을 하지만
곧 둘이 직접 붙을걸?
히히히히

모랭의 시니컬한 웃음이 어둠에 묻힌다.

10

태 성

갑자기 기상이 변하고 기온이 영하로 뚝 떨어진다. 세상이 얼어붙고 찬바람이 거세게 분다.

열 날씨가 갑자기 왜 이러지?
두 딸들 사이처럼 심상치 않네.
눈이 오려나

전쟁이 일어나려나

흥흥

(콧노래를 부르다 다음은 노래로)

딸들 왕관 놓고 싸움 –

충돌, 충돌,

세상아 뒤집어져라!

열 년 이 기회를 잡아라

늙은이는 이제 무용지물.

힘은 젊은이에게.

엄마와 날 무시한

아버지

그리고 이 세상,

더 이상 날 무시 못해.

(다음은 말로)

어젯밤

노왕이 우리 집에 왔어.

작은딸에게서도 쫓겨 난 모양

말 안 해도 알지.

권력이 무섭긴 무서워.

딸들이 그렇게 변할 줄이야.

이빨 빠진 호랑이

발톱 빠진 호랑이

왜 우리 집에 왔지?

의지할 데라곤 우리 아버지밖에 없었었겠지.

라희, 후드 달린 모피 코트로 몸을 감춘 채로 태의 성에 들어
선다. 몇 걸음 떨어져 경호 수행원이 따라오다 라희와 열이 만
나는 걸 보고는 뒤로 물러선다.

열   (놀란다) 누구시오?

라희   (후드를 벗으며 얼굴을 드러낸다) 나는

열   아, 공주마마, 아니 여왕 폐하, 어서 오십시오. 이 밤
        중에…

        못 알아뵈었습니다.

라희   그대는?

열   태 백작의 둘째 아들 열이라고 합니다.

라희   열?

열   네 그렇습니다. 자, 이리로 드시지요. 추운 밤입니다.

라희   내가 왜 방문했는지는 알겠지?

열   네, 전하. 우선 이쪽으로 편히 앉으시지요.

라희   (앉지 않고 서 있다) 태 공은 어디 있느냐?

열   저, 그게, 몸이 좀 불편하여 거동 못하고 누워계십
        니다.

        제가 대신…

라희 안보는 듯하며 열의 번듯한 얼굴을 유심히 본다. 열 역시

라희를 살핀다.

라희   노왕이 여기로 온 게 틀림없어. 그렇지? 열.

라희   어젯밤에 도희의 궁에서 빠져나가셨다는데, 가실 데
         라곤 여기밖에 없어.

열   (무릎을 꿇는다) 전하, 전하께 충성할 것을 맹세합니다.
         효심을 버리고 충성을 택하겠습니다.

라희   그건 당연하다. 그대의 충성심을 기억하겠다. 노왕은?

열   (일어난다) 전하, 사실 오늘 새벽에 이순 전하가 도착
         하시는 걸 봤습니다.

라희   내 예감이 맞았군. 가서 모시고 나와라. 네 애비도
         함께.

열   네.

라희에게 시선을 떼지 못하고 뒷걸음으로 퇴장. 칼바람 소리.
하늘이 캄캄해진다. 명 시종들 거느리고 등장. 라희 깜짝 놀
란다.

명   (라희를 보고) 그럴 줄 알았어요. 여기 밖에 올 데가 없
         지. 내 예감이 맞았어. 심상찮은 날씨요. 눈보라가 칠
         것 같애.

라희   쓸데없이 여긴.

명   이순 전하는 여기 계시오?

라희

명 라희, 당신이 걱정스러워서 왔소.

라희 국과 규가 결탁하는 걸 걱정해야지. 그리고 도희도.
무슨 날 걱정이오? 쓸데없이.

명 너무 빨리 모든 게 변하고 있어.
그래도 이 태 궁에 계시니 다행이오.
눈보라가 곧 몰아칠 것 같은데
도희 전하도 이런 날씨는 예측 못했겠지.
그 궁에는 왜 그리 짧게 계셨을꼬?
모랭을 또 못살게 굴었나?

라희 똑같은 일이 벌어졌겠지.
왕이 아니란 걸 망각하고
왕처럼 굴었을 게 뻔해.
우리 궁에서처럼.
도희도 그렇게 당했을 게 틀림없어.

열 급한 걸음으로 나타난다.

열 여왕폐하, 그리고 아 명 공작님, 오셨습니까?
두 분이 안 계십니다.
집을 빠져나간 것 같습니다.

라희 뭐라고?
태 네 애비가 노왕을 빼돌려 도주했구나.

규와 국과 내통했다.
즉각 체포령을 내리겠다.

명 당황한다.

라희   (열에게)
열 그대는 내 총애 안에 있을 것이다.
이럴 때일수록 사람이 필요하지
도망친 애비 대신 그대를 백작으로 임명하겠다.
오늘부터 태 백작이오.

차고 있던 검을 빼서 열의 어깨에 내려놓으며 작위 식을 즉각
행한다. 열 꿇어 앉아 작위를 받는다. 그리고 일어나 라희 손에
입을 맞춘다.

열   오직 폐하께 충성을!

명 갑작스러운 이 상황에 말을 잃고 못마땅한 표정이다.

라희   (명에게)
뭘 그리 놀라시오?
늙은이가 늙은이를 피신시킨 게 안 보이시오?
(열에게)

아직 멀리 못 갔을 거다.
이런 추운 밤에 멀리는 못가
태는 반역죄로 즉각 체포해라!
곧 이리로 끌어와.

열   예 분부대로 따르겠습니다.

열, 라희와 명에게 절하고 밖으로 나간다. 바람이 휘몰아치는
소리, 눈발이 휘날리기 시작한다.

명   라희, 이게 무슨 짓이오? 이럴 필요까지!

라희   늙은 곰이 빨리도 튀었군.

꽤 영리해.

명   아직 아무 일도 일어나지 않았어.

국도 규도 어디 있는지 아무도 몰라.

그리고 무슨 반역죄라니?

기사 작위는 또 뭐요?

라희   그러니 당신은 이 모양이야.

유약해 빠지고

순진해 빠졌어.

받은 권력도 지키지 못해.

앙큼한 놈

분명 어머니와 손잡고

왕관을 도로 내놓으라고 할 거야.

명　　나도 나가봐야겠소.

　　　　열 저놈에게 맡겨둘 수는 없어

　　　　자기 아버지를 저렇게 쉽게 배신하다니

　　　　믿을 수 없는 놈이야.

　　　　백작 작위

　　　　너무 성급하오.

라희　나도 생각이 있어.

　　　　과연 내가 원하는 대로 할지.

　　　　충성심을 테스트해 보는 거야.

　　　　명 밖으로 나간다. 라희 그를 째려보며 콧방귀를 뀐다.

라희　도희 고것이 왜 그리 어머니를 빨리 내쫓았담?

　　　　미친년, 좀 모시고 있을 것이지.

　　　　지가 뭐 잘났다고

　　　　예상은 했지만 이렇게나 빨리.

　　　　흠

　　　　(사이)

　　　　오히려 잘 된 건지도 몰라. 이 기회에 내가 진짜 왕

　　　　이 되는 거야.

　　　　한 나라에 두 여왕

　　　　혼란만 일으킬 뿐

　　　　어머니 이런 걸 예상했나요?

혹시 우리 자매 둘을 떠보고 있는 건가요?

당신 끝까지 내게 평화를 주지 않아.

하지만

이젠 어쩔 수 없어요.

국과 규를 찾아서 권좌를 도로 뺏을 계획?

내 손에 겨우 들어온 걸

절대 내주지는 않을 겁니다.

전쟁밖에 답이 없다!

명, 명,

남편인 너도 내 속을 썩이는구나.

전혀 도움이 안돼

도희 들어온다. 옷에 흰 눈이 꽤 묻었다.

도희   (눈을 털어내며) 추워. 갑자기 웬 눈이람?

언니

여기 있을 줄 알았어.

어머니는?

라희   흥, 그렇게 찾을 걸 왜 쫓아냈어?

도희   남 말하고 있네

쫓아내긴 자기가 나간 거지.

라희   고작 닷새, 일주일도 안 돼서.

예상은 했지만 그렇게나 빨리 어머니를 내쫓다니

무슨 애가 그래?

늪은이 불쌍하긴 하군.

도희 룰을 어긴 사람은 언니잖아. 한 달은 갔어야지.

라희 그래도 보름은 갔지.

닷새가 뭐야, 닷새라니.

도희 보름 닷새

뭐가 달라? 언니가 지켰으면 나도 지켰지.

라희 그렇게 그렇게 성질을 부리더라.

국을 데려 오라는 시위였어 내가 그걸 몰라?

핑계 같지만 더 이상 참기는 어려웠어.

도희 그럼 국을 찾아 나섰단 말이야?

세상에!

노인네 더 이상 모시는 건 어려웠어,

몰려드는 손님과 무리한 요구 짜증에 변덕 - 참을
수 없었어.

라희 그 노구를 이끌고 이 태 성으로 왔다니.

이 험한 밤에 어디로 내뺀 걸까?

그리고 언제 아들 놈과 내통했지?

국

쥐뿔도 없이 쫓겨난 주제에

지 한 몸 가리기도 힘든 처지.

분명 규가 모든 일을 도모했어

국을 부추겼을 거야.

도희   날 보고 자기 딸이 아닐지도 모른다고 해서
      나도 빡쳤지.
      자기 딸이 아니면 그럼 난 누구란 말이야?
      날 사랑하지 않은 자기는 그럼 누구야?
      아들 국만 예뻐해 놓고
      왜 늙은 자기를 책임지는 건 우리 딸들이야?
      아무리 우리에게 왕위를 물려줬다고 해도 말이야.
      왕권도 반쪽짜리.
      실권은 남편들이 쥐고 있어.
      사실 우리도 이름만 왕이지 허울 좋은 빈껍데기야.

라희   그건 네 말이 맞아.
      꽤 똑똑한데?
      우린 왕이지만 왕이 아냐. 뭣 하나 결정권이 없어
      결국 남자가 실속 차리고 우린 폼만 잡고 있는 꼴
      이지.

도희   어머니 뒤치다꺼리는 우리 몫이 됐어.
      이렇게 된 거 – 어머니의 이름뿐인 그 왕 이름도
      이제 그대로 둘 순 없어.
      다 뺏어 버려야 해.
      그리고

라희   그리고?
      그리고, 뭐야? 네 야심이 뭐지? 말해봐.

도희   언니, 언니야말로 숨은 야심이 뭐지? 내가 말할까?

라희

도희   혼자 왕권을 독점하겠다는 거지? 날 제쳐버리고
        말야.

라희

도희   내 말이 맞군.

라희   대신 네 몫을 후하게 보상해 주지.

도희   하하하 정말 그럴 생각이야? 어쩌면 내 생각이랑 똑
        같네! 하하하

라희   입 닥쳐! 내가 장녀라는 걸 잊었어? 이 세상은 첫째
        에게 모든 권한이 있어.

도희   그건 아들의 경우지. 당신은, 여자야, 여자가 첫째고
        둘째고 무슨 상관이야?

라희   뭐, 당신? 망할 것, 말조심해
        그리고 딸이라고 달라? 마찬가지야.
        왕권은 내게, 나 혼자에게, 장녀, 첫째에게 승계되는
        게 맞아.
        넌 아무런 권한이 없어.
        어머니 변덕이 왕권을 둘로 갈랐을 뿐이야.

        도희 증오심으로 라희를 노려본다. 라희의 눈빛도 분노로 타오
        른다. 둘의 눈싸움이 팽팽하다.

라희   넌 몸이 약하다고 언제나 먼저 배려되었지.

난 늘 양보해야 했어.

불면 꺼질까

불면 날아갈까

모두 네가 아플까봐

전전긍긍

난 이름만 큰딸이고 장녀였지

아버지 사랑도 네가 독차지했고

어머니 사랑도 네가 독차지.

물론 국이 태어날 때까지였지만.

도희 대신 언니는 늘 믿음직스럽다고

의젓하다고 칭찬이 자자했잖아.

난 그런 말은 한 번도 들어본 적이 없어.

내가 사랑받았다고 해도

국이 태어날 때까지였지.

그 이후

난 찬밥이 됐어.

그 씁쓸함 언니가 알까?

국 아빠가 일찍 죽자

또 그게 불쌍하다고

더 사랑을 줬지.

난 중간에 끼어서

투명 인간처럼 되어갔어.

라희 흥 내가 널 얼마나 보호해줬는지

잊어버렸어?
그럴 사람은 나뿐이었던 거
잊어 먹었어?

도희 알아
언니에게 기댈 수밖에 없었지
우린 공동의 적을 가지고 있었으니까.
그동안 우린 잘 지냈잖아
권력이 생기니 욕심도 생겨났어.
그 권력이 우리를 찢어 놓는군.
그래서 이제 혼자 왕이 되겠다는 거야?
그건 안 돼.

라희 두고 봐
노왕은 태와 규와 국과 합세하여
곧 우리 목에 칼을 겨눌 거야.
우린 강력한 왕권이 필요해
지금 이렇게 둘이 싸울 때가 아냐.

도희 국을 제압하고
그리고선 내가 다음 차례가 되나? 하하하
(비아냥의 냉소)
그건 아무도 모르지
나도 가만히 있지 않아

라희 네가 순순히 내 말을 따른다면
얘기는 달라져.

도희   흥, 꿈 깨셔!

두 사람 노려본다. 밖에 눈보라치는 소리. 매서운 추위 속에 눈
이 휘날리며 내리고 있다.

11

빈 벌판

천지는 희게 변해간다. 싸락눈은 함박눈으로 변했다. 이 혹독
한 기상에 맞서 혼자 걸어가는 한 사람. 긴 코트와 모자는 눈
에 휩싸여 흡사 눈사람이다. 그는 이 눈 속을 빠른 걸음으로
초조하게 걸어간다. 무엇을 찾는 사람처럼. 누군가를 찾는 사
람처럼.

12

벌판의 다른 곳

모랭이 펑펑 쏟아지는 눈 속에서 이순을 부르며 뒤를 쫓아간
다. 발이 눈에 푹푹 빠지며 비틀거린다. 이순은 한 발 앞서 사

라지고 보이지 않는다.

모랭   기다려
          할매, 기다려줘
          날 데리고 가
          눈보라
          눈보라야 앞이 안 보여.
          제발
          딸들에게 가자,
          큰딸이던 작은딸이던 누구라도 상관없어.
          "이런 밤엔 현자도 모랭도 없어."
          그저 눈보라를 피할 움막이라도.
          "이 추운 밤에 우린 모두 바보, 미치광이가 될 거야.
          벌거숭이 몸으로 이 날씨와 맞서느니
          차라리 무덤 속으로 들어가는 게 낫겠어."
          할매
          이순 할매

모랭 눈을 헤치며 뒤쫓아 간다. 눈보라 휘몰아치는 소리가 점
점 높아지며 암전.

13

라희 궁/ 명의 거처

명 무서운 밤이 지나갔다.
모두 무사하길 빌 뿐
노왕도 태 경도
그 밤에 몸을 잘도 피했어.
다행이지.
찾을 수가 없었다.
눈발이 거세서 앞을 볼 수가 없었어.
아니 찾을까봐 외려 두려웠지.
열도 그랬을까?
아무리 그래도 제 아버지인데
규가 결국 군대를 결집했고
국과 손잡았어.
도희가 언니에게 도전했고.
며칠 밤 사이에
전쟁이 불가피한 상황.
노왕이 권력을 내려놓자마자
분열이 일어났어.
라희, 도희, 국

세 자식이 3파전이다.
불쌍한 노왕 어머니
난 누구 한 편을 들 수가 없다.
라희의 처사도 못마땅하고 옳지 않아.
그렇다고 국에게 갈 수도 없는 처지.

전령 들어온다.

전령   (눈치를 살핀다)
공작 전하,
도희 전하의 군대와 국 왕자의 군대가 전력을 갖췄고
우리 군대도 명령을 기다리고 있습니다.
다만
명   다만?
전령   공작님의 지휘를 받아야 될지
아니면 열 백작님의 지휘를 받아야 할지.
명   음
알겠다. 물러가서 기다려라.
전령   네.

전령 나간 후 명 큰 한숨을 쉰다.

명   열… 심상치 않아. 라희의 후의로 비상하고 있다.

경계해야 해. 혹시?

명의 얼굴 의심이 스친다.

14

라희 궁 다른 곳

라희   (명의 움직임이 없어 걱정되어 불안하다. 그러나 그 감정을 감
춘다)
열
걱정할 것 없다. 명 공작은 내가 설득할 것이다.
만일 공작이 움직이지 않으면 내가 직접 전략을 짜
명령을 내릴 거야.
백작,
그대는 내 곁에서
그 병력을 지휘하시오.
자, 머리를 숙여.
(자신의 목걸이를 빼서 열의 목에 걸어준다)
"이것은
내가 그대의 마음을 받은 징표
내 마음을 그대에게 준 징표다.

그럼, 가서 준비하시오."

열 움직이지 않고 라희를 응시한다. 두 사람 시선이 뜨겁게 부딪힌다. 라희는 가까이 다가가 두 손으로 열의 얼굴을 감싼다. 키스한다. 열도 적극적으로 반응하며 두 사람 포옹한다.

열   전하, 열락 속에 전하를 위해 죽겠습니다.
라희   내 소중한 열.
          "오, 다 같은 남자인데 이렇게 다르다니!
          내가 사랑할 남자는 당신인데
          바보가 내 침대를 차지하고 있어."
열   전하, 라희, 아…

두 사람 끓어오르는 열정을 어쩌지 못한다. 무대 어두워지며 두 남녀의 열락의 신음소리 들릴 듯 말 듯. 한참 후 밝아지며 라희는 혼자 있고 돌아앉은 그녀의 하얀 어깨 한쪽이 빛에 희미하게 드러난다. 고혹적이다.

이것인가?
내가 원했던 게?
텅 빈 마음
그대가 채워주는구나.
그대 속에 차있는 울분.

내 속에 차있는 외로움.

나 역시

언제나 두 번째.

늘 첫 번째는 국이었지, 늘 양보해야 했어.

도희에게도 마찬가지.

내가 원했던 게 뭐지?

왕관?

아니면 어머니의 사랑?

남편은 내게 뭐였지?

그것들은 모두 하늘 높이 떠 있었어.

까치발을 하고

두 손을 뻗어

내 두 손에 잡으려고 했는데…

자꾸자꾸

그것들은 더 높이 올라갔어.

아버지는 일찍 돌아가시고

왕인 어머니는 국사에 바쁘시고

유모들이 나와 도희를 키웠지.

어머니는 원하는 걸 마음대로 했어.

새 남편도 맞아들이고.

도희와 난 얼마나 외로웠던지.

엄마 품이 그렇게 그리웠는데…

새로 태어난 막내동생은 정말 귀엽고 예뻤어.

국은 그래도 엄마 젖을 먹었지.

새 아빠가 역병으로 죽자

어머니는 어린 국에게 더 집착했고

우린 더 외로웠어.

그래서…

왕이 되면

외롭지 않을 거라고 생각했다.

(옷매무새를 정돈하고 꼿꼿하게 일어선다)

늙은이 변덕과 고집은 싫어.

평생 거기 휘둘려왔거든.

아무도 날 사랑하지 않았어.

남편은 차갑고 목석 같은 사람

남편은 날 몰라.

늙은 어머닌 여전히 드세

내 기를 꺾어.

사자 등장.

라희   뭐냐?

사자   전하, 도희 전하와 공작님의 군대가 우리 성으로 진군을 시작했다는 소식입니다.

라희   그래? 빠르군. 알았다. 곧 나가겠다. 우리 군도 만반의 준비를 하라.

사자 읍하고 퇴장.

조명 사라지면서 명에게로 이동한다.

명   사랑이 식었다
          자매는 갈라섰다.
          어미와 딸도 갈라섰다.
          이제 전쟁은 피할 수 없어.
          모든 게 어긋나고 있어.
          나는 어느 길을 택해야 하지?
          전쟁은
          순리와 질서를 어긴 탓.
          사랑의 양으로 왕권을 승계한 것도
          왕권을 두 개로 쪼갠 것도
          물러난 왕이 여전히 왕 행세를 한 것도
          기사들이 오만방자했던 것도.

          하늘의 엄중한 벌이 두렵다.
          때아닌 지난밤 폭설이 하늘의 경고인가?
          도희와 준의 야망도 질서를 범하고 있어.
          라희도 야망이 선을 넘어섰다.
          (고민한다)
          늙어 나이 든다는 게 뭐지?

라희 말대로
현명해지기 전에는 늙지 말아야 할 것을⋯

15

눈이 쌓인 빈 들판. 국의 진영

모랭   덜덜 덜덜 덜덜⋯
         혼돈 혼돈 혼돈⋯
         네가 우리를 발견하지 못했다면
         우린 얼어붙은 미치광이가 됐을 거야.
         자비로운 신이 우릴 만나게 했지.
국   세상이 뒤집혀져 하얗게 변했어.
         눈부시게 깨끗하고 아름다워
모랭   두 아줌마
         왕좌는 하나뿐인데
         그 자리 누가 먼저 차지할까?
         열은 아버지를 밀어내고
         라희 편에 붙어
         세상을 뒤집으려 해.
         이 땅이 순식간에 전장 터가 되다니
         국아

　　　　너도 왕 자리 탐나니?

　　　　너도 누나들과 싸울 거야?

　　　　아니 왜 그래?

　　　　울고 있는 거야?

국　　어머니

　　　　여전히 정신을 못 차리고 계시네.

　　　　그 눈보라 치는 혹독한 추위를 온몸으로

　　　　견뎌 내시다니.

모랭　나까지 울리지 마.

　　　　"우리는 울면서 이 세상에 왔어.

　　　　태어날 때 공기 냄새 처음 맡고

　　　　응애응애 울었어.

　　　　세상은 바보들의 무대

　　　　이 세상에 나왔다고

　　　　태어날 때 울지."

　　　　두 딸들

　　　　네 매형

　　　　모두 미워 벌주고 싶다!

　　　　지들에게 모두 줬는데!

　　　　국은 기타를 부드럽게 치며 나직이 노래 부른다.

국　　(노래로) 어머니,

날 찾아

그 밤에 눈 속을 그렇게 헤매셨나요?

그 연로한 몸으로

그 매서운 한파와 맞서셨나요?

휘몰아치는 눈보라

맨몸으로 어떻게 견디셨나요?

아

그래도 우리가 다시 만나고

살아계시니

하늘이 우릴 도우셨어요.

감사할 뿐입니다.

규 등장.

규 국 왕자님.

국 아, 규 백작님, 어머니 정신이 드셨나요?

규 아직. 좀 더 쉬시도록 편안히 모시고 있으니 염려하
    지 마세요.

모랭 그래 할매 푹 자고 꿈도 꾸지 말고 슬픔도 원망도 잊
    어요.

    내가 할매 곁에 꼭 붙어 있을 거야.

국 태 백작은요?

규 다른 방에 모시고 있어요. 열 아드님 소식을 듣고는

탄식과 눈물에 빠져 있습니다.

모랭　　불쌍한 늙은이들

규　　　도희 공주의 군대가 움직이고 있어요.

　　　　　아마 라희 공주 군대와 접전이 있을 겁니다.

국　　　누님들

　　　　　정말 전쟁을 하는 건가요?

규　　　이순 전하를 보십시오.

　　　　　존엄하신 분을 저런 지경에 처하게 하다니

　　　　　우리도 행동에 옮겨서

　　　　　두 공주를 응징해야 합니다.

　　　　　결정을 하시고 명령을 내려주세요.

　　　　　왕자님의 마음을 모르는 바 아니지만

　　　　　왕국을 위해서도

　　　　　이 어지러운 질서는 바로 잡아야 합니다.

국　　　경의 말도 맞습니다만

　　　　　우린 그렇게 강하지가 않고

　　　　　나는 누님들과 싸울 마음도 없어요.

　　　　　다만 어머니와 제가 의지할 공간이라도 있으면

　　　　　그것만 바랄 뿐이에요.

모랭　　거기 나도 있을 거야

　　　　　국 날 빠트리면 안 돼.

　　　　　두 자매가 싸우다 한 사람이 남게 되면

　　　　　그게 누구든지

그 승자와 타협해 봐.

왕이 하나가 되면

국 년 왕권에 관심이 없다고

포기 선언을 해

그럼 관용을 베풀겠지. 헤헤

규 (단호하게) 왕자님이 왕좌에 오르셔서

질서를 잡아야 합니다.

인륜을 어긴 자들을 처단하는 게 맞습니다.

왕자님을 따르고 기다리는 무리를 생각하십시오.

왕위를 다시 이양 받고

사악한 두 공주는 역적으로 처단하는 게 마땅합니다.

부디 마음을 굳게 하세요.

국 아,

자유와 해방의 순간도 잠시

내 것이 아니었어

난 그저 이름 없이 자유롭게 살고 싶었을 뿐인데.

규 왕자님, 모랭 말도 일리가 있습니다. 두 자매의 싸움
을 일단 지켜보겠습니다. 그러나 시간이 없습니다.
곧 결심하세요.

규 국을 한 참 불안하게 쳐다보다 나간다.

모랭 규 아저씨,

괜찮아요, 국은 바보가 아니야.

국   모랭아
        사람들이 너처럼 사리판단을 잘한다면
        이런 전쟁도 없었을 텐데
        넌 진정 바보 광대가 아니야
        어머니도 네 말을 경청했더라면
        나도 네 말에 귀 기울였다면
        누님들도 마찬가지
        우리들은 모여 앉아 웃고 있을까?

모랭   그럴 리가? 없지
        사람들이 모랭 말을 들을 리가? 없어
        그럼 난 광대 바보가 아니지
        헤헤헤
        (공중제비를 넘으며 광대 짓을 한다)

국   나도 저 못된 누님들
        혼내 주고 싶다.
        어머니를 저렇게 처참하게 만들어 놓다니
        제 몸보다 사랑한다던 입 발린 말
        뱉을 때는 언제이고?
        어릴 때도 날 진짜 골탕 먹였지
        아무도 안 볼 때 꼬집고 쥐어박고
        괴롭혀서 울리기 일쑤였거든.
        그러다가 어머니에게 들키면

거짓말과 달콤한 말로 뻔뻔스럽게 빠져나갔지.
말은 그때부터 번지르했어.
유독 큰누님 라희가 날 밀어내고 미워했지.
내게는 엄마뻘도 될 나이인데
날 자식처럼 이뻐해 줄 수는 없었을까?

모랭   꿈 깨, 국.
널 이뻐할 이유가 어디 있어?
네 아빠도 생전엔 라희에겐 경쟁자였다구.
이 궁에서 사랑의 원천은
오직 한 사람
여왕, 어머니, 꼰대, 할매.
네 아빠 죽고
넌 살아남았어.
넌 두 딸의 경쟁자로 큰 거야.
나라도 널 미워했을 걸.

국   왜? 날?

모랭   넌 착하고 사랑스러워
속눈썹도 길고
포도알 같은 검은 눈동자
굽이치는 긴 머리카락
길고 날씬한 손가락
헤헤

국   누나들도 이뻤어.

모랭	그래. 지금도 이쁘지
	그런데 비틀어졌어
	배배 꼬였어.
	사랑을 먹고 자라야
	마음이 펴지지.
	국 너도 시기 질투 많이 먹어서
	마음이 꼬였을 거야.
	그러니 할매 마음 모른 척했지. 히히
국	비밀 하나 말할까? 모랭아.
모랭	말해 봐. 누설은 안 할 테니.
국	누님들이 어린 날 괴롭힐 때
	내가 왜 가만히 참았는지, 아니?
모랭	무서웠구나?
	아, 아니, 그게 아니다.
	(국의 두 눈을 깊이 응시하며)
	너 – 미안했구나? 두 누나에게.
국	맞아 난… 미안했어.
모랭	너 혼자 사랑을 독차지하는 게?
	아니 네게만 어머니 사랑이 쏟아지는 게?
국	모랭 넌 똑똑해. 진짜.
	그래 어머니가 내게 사랑 표현을 하며
	어쩔 줄 모르고 좋아할 때
	그때 늘 우리를 보고 있는 눈이 있었어.

나도 모르게 그 눈을 봤어.

그 눈엔 부러움과 외로움이 가득 차 있었어.

모랭   그리고 시기 질투도 가득 차 있었겠지.

국   난 그 눈을 더 쳐다볼 수가 없었어.

마음이 시려왔어.

어머니에게 두 누님도 좀 바라봐 달라고

누님들에게도 그 사랑 좀 나눠달라고

외치고 싶었지.

그 이후론 더 미워하지 않았어.

(사이)

누님들

그런데 지금은

모랭   지금은?

국   지금은… 미워.

모랭   헤헤헤 그게 진심.

16

도희의 진영

도희는 검은 상복을 입었다. 흰 손수건으로 눈물을 찍는다.

도희   남편이 죽었다.

태의 하인 놈들에게.

나를 찾아 성으로 오던 밤에

도망 나가던 그 무리와 마주쳤다가 변을 당했어.

그 늙은 태 백작 놈은 노왕을 데리고 그 사이 무사히

달아났어.

이 중요한 시기에.

(사이)

이제 난 혼자야.

홀몸, 과부, 미망인 그런 이름이 됐다.

제기랄,

슬퍼하고 있을 틈이 없어.

언니에게 주도권이 기울어지고 있어.

내가 불리하다.

남편이 없으니

(손수건을 던져 버린다)

열을 내 편으로 끌어들여야 해.

남편의 자리에 대신 열을.

하지만 언니가 딱 잡고 놔주지 않고 있으니

그는 적군이야.

내가 던진 미끼를 물까?

언니는 유부녀

그는 결코 언니를 차지할 수 없어.

언니를 사랑하지도 않아

내 편으로 오면

가능성이 높아지지.

우리가 힘을 합해 이긴다면

그는 나랑 같이 이 왕국을 통치하는 거야.

(사이)

그는 서자로 대우를 못 받았어.

속에 서러움이 가득 차있다.

나 역시.

언제나 두 번째

중간에 끼어

늘 언니에게 동생에게 양보해야 했어.

어머니 사랑도

궁정에서의 위치도.

(사이)

이상했던 건

어머니가 왕위를 우리 둘에게 똑같이 나누어준 거다.

국을 내쫓은 후

당연히 큰딸에게 단독 왕위계승을 할 줄 알았는데.

속으로 정말 놀랐지

날 언니와 똑같은 위치에 올려 세우다니

왜 그랬을까?

늙은이의 검은 전략이었을까?

우리가 싸우게 될 줄 알고 일부러?
일부러?
하지만 이제 양보는 없어.
왕권도
열도 내가 차지할 거다.

17

라희의 진영

팡파레. 고수 및 기수들과 함께 명, 라희 및 군인들 등장. 열,
라희의 눈길을 피한다.

명 여러분
아시는 대로
우리 통치에 반대하는 역적 규와 무리들이
전 왕과 국 왕자와 합류했다 하오.
그동안 내가 움직이지 않았지만
이제 더 이상 두고만 볼 수 없는 지경에 이르렀소.
라희 여왕의 통치에 반대하는 세력이 도를 넘었소.
그리고 도희 군대가 우리를 향해 움직이고 있소.
당장 그 급한 불을 꺼야 하오.

라희	그들은 우리에게 대적하는 직군이오.
	우린 하나로 뭉쳐야 합니다.
	집안의 사적인 다툼은
	지금 중요치 않아요.
명	자, 전하, 노장들과 우리의 작전을 짜보도록 합시다.

큰 작전 테이블 위에 지도가 펼쳐져 있고 명과 남자들은 주위에 둘러서서 무언으로 작전 회의를 시작하고 곧 몰두한다. 열 무대 앞으로 걸어 나온다.

열	라희의 눈이 날 매섭게 노려본다.
	독사에 물린 자가 독사를 보듯.
	도희가 보낸
	비밀 편지를 받았어.
	내가 응하고
	도희가 승리하면
	가능성이 커진다.
	하지만
	홀몸이 된 도희를 택하면
	라희가 약 올라 미칠 거다.
	라희는 남편이 있어
	내게 한 약속을 지키긴 불가능할 게다.
	도희도 라희도 날 사랑한다니

상상도 못 했던 일이 벌어졌어!
하긴 지금 정치적 상황도 상상도 못 했던 일
자매는 서로를 증오하고 경계하고 있어.
난
두 자매 모두에게 사랑을 맹세했으니
방심할 수 없다.
가슴이 벅차군.
여자에게 이런 사랑 받아 본 적 없다.
아버지에게도 받아 본 적 없어.
어머닌 너무 일찍 돌아가셨지.
정실부인이
어린 날 거둬주긴 했지만
사랑까지 준 건 아니다.
아버지도 언제나 정사를 핑계로
이순 여왕 곁에만 붙어 있었지
내 곁엔 유모와 하인들뿐.
그들이 그래도 내 보호막이었어,
아버지가 날 한번 쳐다봐 주길
기다리고 기다리고 기다렸어.
어린 열…
아버진 결코 날 바라봐주지 않았어.
모든 걸 움켜쥐고 내겐 아무것도 나눠 주지 않았어.
오직 정실 아들만 모든 걸 차지하고 누렸지.

왜, 왜 날 낳았지?

엄마가 죽었을 때 차라리 날 버리지 그랬어.

(격한 감정이 올라온다)

난 누굴 택해야 하나?

도희 말대로 라희는 유부녀, 옆에 남편 명이 있다.

전투가 끝나면

명 공작은 노왕과 국에게

자비를 베풀 게 틀림없어

명의 파워는 무섭다.

추종자도 많아.

이번 전투 상황 종료되면

날 제거하려고 들 거야

라희 때문에 쉽지는 않겠지만.

라희에게 그 전에 그를 제거하라고 해야지.

아니 알아서 제거할지도 몰라.

남편에게 마음이 떠난 지는 오래.

우리가 먼저 이순 왕 모자를 손에 넣고

승리해야 해

그게 내 살길이야.

사랑은 그 뒤에 생각해 볼 일.

열 말을 마치고 뒤로 돌아서 테이블로 돌아간다. 회의에 합류
한다. 라희가 무대 앞으로 나온다.

라희   이 전쟁엔 꼭 이겨야 해.

명이 저 말대로 힘을 써줄까? 의심스럽다.

그는 언제나 어머니 편이었어. 태와 규와 가까웠지.

처음부터 내 맘에 차지 않았어.

나를 택한 건 뭣 때문이었을까?

나는 왜 그를 택했지?

어머니 마음에 들려고?

(사이)

그의 마음은 늘 멀리 있었어

차가웠어.

아마 그도 내게서 차가움을 느꼈겠지.

우리 침대엔 어느새 서리가 내려 앉았어.

자식이 없었던 것도 그래서야.

내 몸도 얼어버렸지.

열

그래 열이 당당히 그 자리를 차지하게 해야 해.

전쟁에서 공을 세우고

명을 추락시켜야 해.

라희 말을 마치고 뒤돌아서 남자들에게로 합류한다. 그들은 회
의에 열중한다.

18

흰 눈이 덮힌 들판

고수 및 기수들, 국, 규, 철, 모랭, 군대와 함께 눈 쌓인 길을 행
진하고 지나간다. 전장에서 팡파레, 북소리, 말의 울음소리 등.
전투 소리가 들린다. 진짜 전쟁이다. 국과 모랭은 약간 떨어져
이 소리를 듣고 있다.

국   이제 뒤로는 갈 수 없어.
        오직 앞으로 가는 길밖에.
        이 길은 어머니를 위한 길.
        다행히
        태 경의 큰아들 철이 우리에게 합류했어.
        아버지의 상황을 듣고 빠르게 돌아왔어.

모랭   서자가 무슨 잘못이야?
        젊은 날의 죄를 상기시키는 기분 나쁜 아들이었다고?
        그래서 보기 싫어했다고?
        그 잘생긴 열을?
        히히히
        그건 아니지
        서자는 서러운 목숨이지

태 노인네 벌 받았어.

흥흥흥

국 그냥 사랑합니다라고 말했어야 했을지도 몰라

그건 거짓말도 아니고 속임수도 아니고

진실이었는데 말이야.

그땐

누님들 위선과 아첨의 말을 듣고

토할 것 같이 싫었지.

그래서 난 입을 닫고 언어를 거부했던 거야.

모랭 철들었네!

할매보다 낫다!

하하하

국

네 말 한마디

노왕 어머니가 듣고 싶은 그 말 한마디,

그렇게 하기 어려웠어?

지금 이 현실을 봐

보라고.

자매들끼리 싸우고 있고

사위 하나는 죽고

두 노인은 거의 실성해 있지.

너하고 나는 지금 전쟁터에 나와 서 있어.

네 프라이드와 결벽증의 대가야.

모랭은 공중회전을 한다. 얼굴을 여러 가지로 우스꽝스러운 표정을 만든다. 혀를 쏙 내민다. 몰아치는 바람 소리 전투 소리가 섞여 들려온다.

나도 말 좀 해볼까?
듣기 싫어도 할 수 없어.
두 딸이 에미를 배신한 것
아들이 애비를 배신한 것
이유가 있지.
늙은이들
지금이라도 그걸 알아야 해.

국　모랭, 늙었건 젊었건
인간은 불완전한 욕망덩어리
흠 없는 사람은 없어.
(사이)
모랭아
네가 모르는 한 가지가 있어.

모랭　뭐라고? 내가 모르는 것? 그게 뭐야? 말해 봐.

국　나도 말 좀 할까?
듣기 싫어도 들어야 해.

모랭　말해 말해
마음속에 숨겨둔 그 말
더 숨길 순 없다.

국	그때
	내가 뭐라고 대답해도
	결과는 똑같았을 거라는 것.
	넌 그걸 모르지.
	네가 알 수 없는 거야
	그건 네가 딸도 아니고 아들도 아니기 때문이지.
모랭	흥! 잘난 척.
	난 바보일 뿐이야
	그래 뭐야?
국	난 다 알고 있었어.
	애초에 누님들이 뭐라고 답하건
	어머니는 아무 관심도 없었어.
	누님들은 이미 결혼했고
	남편들이랑 잘 살면 그만이지.
	또 내가 뭐라고 대답하던
	그것도 상관없었어.
	어머니 허영심만 만족되면 됐을 거야.
	그럼 본래 마음먹은 대로
	내게 내 몫을 물려주고
	당신은 내 신부가 되어
	여생을 나와 함께 보내려고 했던 거야.
모랭	뭐라고? 신부? 신부라고 했어?
국	그래 신부.

모랭아 나 다 알고 있었어.

어머니 말대로

통치라는 무거운 짐 다 두 딸들에게 줘버리고

궁정 뒷담화 좋아하는 아첨꾼들 얘기 들으며

"신들의 밀정이나 된 것처럼

이 세상 미스터리 해명하면서"

나랑 더불어

여생을 재미있게 편안히 살고 싶었던 거야.

하지만 그건 아니지.

어머니는 어머니이고

난 어머니 신랑이 될 수는 없지.

날 향한 사랑

질식시키는 사랑

그건

그건 백성에게로 흘러 내려가야 했던 사랑이었는

데…

모랭   오마나 오마나 그런 깊은 뜻이

국   내가 장벽이 되었어.

왕의 사랑은 그 장벽에 가로막혀

아래로

흘러가지 못했어.

그 벌을 우리가 지금 모두 받고 있는 걸지도 몰라.

왕의 그 왜곡된 사랑을 알았기에

난 그렇게
"아무 드릴 말씀이 없습니다."
라고 말했던 거지.
그게 진실이었거든.
드릴 말씀이 없었다는 것.

모랭은 혀를 쏙 내밀고 광대 짓을 하고는 국의 코 밑에 바짝
다가와 앉아 두 손으로 턱을 괴고 귀를 기울인다. 국도 그와
눈을 맞추고.

결코 어머니가 원하는 답을 줄 수는 없었어.
내 진실한 답이 결국
어머니의 절대 긍정의 세계를 와해 시켜버린 거지.
우리 모두 고통 받은 건 맞아.
내 잘못도 없지 않아.
"최선의 의도로
최악의 결과를 초래한 건 우리가 처음이 아니었다"
고 해야겠지.

바람 소리에 섞여 들려오는 함성.

국 군대   "승리다, 국 왕자의 승리!"
"국 만세! 규 백작 만세!" "백성들이 힘을 합해 나왔어"

"놈들이 도망간다."
"퇴로를 막아라,""다 죽여라!"

모랭과 국은 이 승리의 함성에 놀라지만 기쁨의 표현을 하지
않는다. 그냥 가만히 서서 듣고 있을 뿐이다. 바람 소리에 함성
이 들렸다 말았다 한다.

19

국의 진영

눈 덮인 벌판. 바람이 거세게 분다. 흰 눈보라가 공중에 날
린다.
팡파레. 함성 소리. 포로가 된 라희 도희 명 열이 국과 규 앞에
서 있다. 초췌한 모습으로 추위에 떨며 곧 닥칠 미래에 대한
불안과 절망감에도 떨고 있다. 철도 이들을 보고 있다.

국   아냐, 아냐, 아냐, 아냐.
     누님들, 이제 감옥으로 가는 길만 남았군요.
     호화롭고 아름다운 궁정이 아니고
     어둡고 차디찬 지하 감옥
     그 속에서

번드레한 말 다시 연습 하세요.
텅 빈 말
미끄러운 말
귀를 마음을 황홀하게 하는 말을
내가 할 수 없었던 그 말을.

라희　입닥쳐
이겼다고 혀를 나불대는군
그 혀를 진즉에 나불댔어야지.
자
날 죽여라,
그것이 최선이다.
내가 네 손에 죽다니
웃음이 나는군.
(곁말)
모든 것이 수포로 돌아갔다…
꿈이었어
짧디 짧은 꿈
백성들의 사랑을 한 몸에 받는다고 생각했다
꿈이었어
열과 사랑을 나누고 함께 갈 수 있다고 생각했는데
그것도 꿈이었어
이제 죽음밖에 남겨 놓지 않았구나…
어머니

혹시 이게 당신이 미리 알고 계획했던 겁니까?

결국 당신 원하는 대로 된 건가요?

아

하늘이 무너지는구나!

명 용서를 빌기엔 너무 멀리 왔어. 우리를 죽이시오.

열 <u>흐흐흑…</u>

도희 (숨이 가빠온다) 국,

정말 정말 우릴 죽일 거니?

국 고뇌에 차서 다운스테이지로 터덜터덜 걸어 나온다. 돌아서서 뒤에 선 두 누나와 열을 다시 바라본다. 침묵, 머리카락과 옷자락이 찬바람에 나부낀다. 눈 덮인 흰 천지. 스산한 풍경이다. 바람 소리와 긴장만이 사위에 가득하다.

국 아

국이 등을 돌린 채 고뇌하는 사이, 도희가 비틀거리며 다운 스테이지로 걸어 나온다. 진땀을 흘리며 배를 움켜쥔다. 풀어 헤친 머리, 초췌하고 병든 모습이다.

도희 어, 언니가 그랬어?… 너무해… 아파.

우리가 이렇게 이렇게 되다니.

어지럽다. 아, 어지러워!

점점 더 아프다. 몸이, 몸이…

고통이 심해져 움찔거린다. 배와 가슴을 움켜쥔다. 국 놀라 돌아본다.

어릴 때
내가 배 아프면
언니가 주물러줬지?
언니 손이 약손이야 그러면서…
그런데 내게… 독약을 먹였어?
아파,
진땀이 나
언니
이제 내 배 안 주물러 줄 거지?
남편 준도 죽고
나도 곧
흐흐흑
어머니,
저도
어머니를 닮았나 봐요.
날 사랑한다는 열에게
내 왕권을 다 물려주고 싶었거든요.
어머니가 아들에게 그랬던 것처럼요.

어머니

이게 이게… 우리의 "약속된 종말"인가요?

(고통에 쓰러진다)

열　　(숨을 헐떡인다)

"운명이 한 바퀴 돌아 여기까지 왔구나."

안녕히, 도희 전하…

나도 곧

(열 쓰러진 도희를 보며 눈물을 삼킨다. 힘들게 웃으려 한다)

죽음과 더불어

이제 우리 셋 모두가 한순간에 하나가 될 거야.

아버지 뜨거운 정액이

나를 만들었는데

내가 아버지를 배신했어.

용서해달라는 말, 못하겠다…

아버지, 어딘가에서 날 보고 계시나요?

열은… 사랑을 받았어요…

아버지

철 형…

책만 파고 든…

형 눈에 난 없는 존재였어.

난 언제나 한 걸음 뒤에서 형을 봤지.

(울컥하며 피를 토하고 쓰러진다. 흰 눈 위에 붉은 피)

라희가 움직인다. 그녀는 칼을 숨기고 있다.

라희   (숨진 열을 내려다 보며)
　　　　　열 안녕…
　　　　　(남편을 보며) 명…
　　　　　(하늘을 보며) 어머니…
　　　　　어머니
　　　　　열을 사랑했어요.
　　　　　처음 그런 사랑을 해봤어요.
　　　　　모든 걸 그에게 주고 싶었어요.
　　　　　제 왕관도요.
　　　　　그래요,
　　　　　어머니도 그래서 국에게 모든 걸 주고 싶었던 게죠?
　　　　　그 마음 이해됐어요.
　　　　　(눈물을 삼킨다)
　　　　　그런데
　　　　　그는 날 배신했어요.
　　　　　내가 어머니를 배신하고 배은했듯이요…
　　　　　어머니가 느낀 그 쓰디쓴 마음
　　　　　저도 느꼈어요
　　　　　그래서 열을 그냥 둘 수가 없었죠.
　　　　　도희도요.
　　　　　이게 이게… 우리의 "약속된 종말"인가요?

(사이)

어머니, 이제 전 무(無)로 사라집니다…

칼로 가슴을 찌른다. 쓰러진다. 흰 눈 위에 붉은 피가 뚝뚝 떨어져 스며든다. 국 놀라서 몸이 굳어진다. 명 라희에게로 뛰어가 쓰러진 그녀를 부둥켜안는다. 규는 말을 잃고 고개를 숙인다.

모랭이 나와 라희의 시신 앞에 꽃을 한 송이 가만히 놓는다.

모랭   (들리지 않게 중얼거린다) 라희…

모랭은 도희의 시신 앞에 꽃을 한 송이 내려놓는다.

모랭   도희…

모랭은 열의 시신 앞에도 한 송이 내려놓고는 말없이 시신 앞에 서 있다. 침묵이 흐르고 바람 소리.

국   (이윽고)
아무
아무 할 말이 없습니다.

어디선가 저음의 묵직한 콘트라베이스 소리가 나지막이 무대

를 감싼다. 레퀴엠이다. 눈이 다시 내리기 시작한다. 어둠이 내
린다. 연극이 끝난다.

끝

(불필요한) 작가노트

이 희곡의 원텍스트는 〈리어 왕〉이다. 극의 전개는 바꾸지 않았고 두 딸과 그 내면 심리에 무게를 두어 개작했다. 직접 인용은 인용부호로 표시했다.

리어의 두 딸 거너릴과 리건은 셰익스피어의 여자 인물 중 레이디 맥베스나 마가렛 왕비 이상의 악녀들이다. 비중있는 인물임에도 이들은 늘 소리지르고 악을 쓰는 스테레오 타입으로 무대에 그려진다. 과연 이들은 아무런 갈등과 회한이 없는 그런 단편적 인물일 뿐일까? 이들이 그런 악한 짓을 하는 데에는 깊은 이유가 있을지 모르고 또 그들에게도 변명의 여지가 있을지 모른다. 이들은 그저 단순 악녀라기보다는 내외적 결핍과 욕망으로 인해 비극적 운명을 맞이하는 인물들은 아닐까?

왕을 여왕 어머니로, 막내딸을 아들로 설정한 것은 아들에게 특히 집착하는 모자관계가 비극을 일으키는 요인 중 하나로 봤기 때문이다. 아버지 리어가 딸 코딜리어에게 보이는 무리한 집착을 반대로 설정한 것이다. 더불어 모녀관계의 숨은 심리에도 집중했다.

사실 원 텍스트의 내재된 욕망은 장소다. 왕은 두 딸들의 거처에서 돌아가며 한 달씩 살기로 한다. 먼저 큰딸의 궁으로 간다. 이 말은 큰딸이 궁 밖에 독립된 거처를 가지고 있다는 의미다. 그렇다면 원래 왕이 거한 본궁이 있을 것이고 왕이 딸의 거처로 옮기면 그 궁은 비어 있게 된다. 두 딸들에게 쫓겨 날 경우 왕은 자신의 본궁으로 돌아가면 그만이다. 작은딸은 독립된 처소를 가지고 있음이 분명하다. 왜 작은딸은 분가하고 큰딸은 그러지 못했는지도 의문을 불러 일으킨다. 〈라희와 도희〉는 이순의 본궁에 라희 부부가 함께 살고 있다는 가정에서 시작한다. 그랬을 때 이순은 더욱 절박해진다. 극의 시간은 불특정 시간 혹은 현대로 해도 좋고 모랭의 성별과 나이는 공연의 성격에 맞춘다.

한국 희곡 명작선 166

라희 도희

초판 1쇄 인쇄일   2024년 10월 16일
초판 1쇄 발행일   2024년 10월 25일

지 은 이   이지훈
만 든 이   이정옥
만 든 곳   평민사
          서울시 은평구 수색로 340 〈202호〉
          전화 : 02) 375-8571 / 팩스 : 02) 375-8573
          http://blog.naver.com/pyung1976
          이메일 pyung1976@naver.com
등록번호   25100-2015-000102호
ISBN   978-89-7115-851-7   04800
          978-89-7115-663-6   (set)
정   가   10,000원

이 책은 사단법인 한국극작가협회가 한국문화예술위원회의
2024년 제7차 대한민국 극작엑스포 지원금을 받아 출간하였습니다.